山城兄弟故事
諧和家庭，幸福人生
竹娟——著

自序

直心是道場：普渡收圓，人倫為重

莊子有云：「吾生也有涯，而知也無涯。以有涯隨無涯，殆已。」意思是說，雖然知識能讓我們理解宇宙的真相，智慧能讓我們過得更好，但，人的生命是有限的，知識卻是無限的，那人類又如何能夠以有限的生命去追逐無限的智慧呢？還好，所謂「直心是道場」，如果我們能皈依一個正道，並以正直之心，不邪惡、不歪曲的直驅而往去修習，如此便能快速獲得智慧——而那個正道就我而言，無疑就是一貫道的教義。

一貫道並不奢談玄遠的形上哲學，也不強調禪坐冥想，因而不會淪於不切實際的「清談」，他強調，我們原靈（佛子）只要踐行儒家的倫理之道，便能因正念正行而去惡，因去惡而顯現善心良性，最後顯現佛子本即具足的佛性，如此便能在龍華三會時獲得彌勒老祖的救渡而返回兜率天，親近彌勒祖師後即不退轉，終而究竟修行完成。

所以，一貫道不離世、不厭世，是一個人間實踐型的宗教，他更強調在世間以奉行倫理來「藉假修真」，進而認清世間虛妄的表象，回歸無理天無生老母的身邊，那是我們的來處，自然也是最終最美好的歸宿。

本書雖是一本故事形式的現代小說，但其中對於一貫道的宇宙觀、人類由來、基本教義、如何圓滿處理各種人際衝突等都有簡要說明，其中尤其著重於「普渡收圓，人倫為重」、「人倫為重，孝悌為先」的精神闡揚。

筆者才疏學淺，歡迎道親不吝指正，也歡迎想了解一貫道的朋友，能從本書獲得一些入門的觀念，感恩！

竹娟

二〇二四年春節

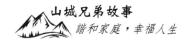

目錄

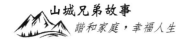

山城裡的劉姓道親家族

歲月靜好，現世安穩，在台灣中部山城有一個劉姓家族，大家長劉常在個性自然純樸，爲人寬厚仁愛，目前已九十三歲，依然康健，應驗了白衣大士所說：「戒殺放生壽命延，慈悲養性可成仙。」

劉老的太太許香妃，是傳統的鄉村女性，也是樂善之人，最怕給人添麻煩，在家相夫教子，家庭日漸興旺。他們有四個兒子，老大劉寶仁、老二劉寶德、老三劉寶善、老四劉寶良，以名爲勵，期勉子孫都能「以仁德善良爲寶」，《了凡四訓》有說：「人爲善，福雖未至，禍已遠離。」不求富貴榮華，但求心安理得，劉老總認爲，人活著時不管多麼輝煌，最後還是「萬般帶不走，唯有業隨身」，所以，只要自己問心無愧，不用與人爭長論短，城隍爺的功德簿和閻羅王的生死簿，都記得淸淸楚楚。

劉老一家四子全是壯丁，羨煞很多人，劉老和劉姥姥在兒子長大後在老家附近買了幾棟樓房讓兒子們居住，所以雖然兒子們都已各自成家立業，但除了老大劉寶仁在北部創業外，其餘都還是住在附近，彼此繼續互相照應。

「劉老、劉姥姥眞是好人有好命啊，不但兒孫滿堂，還齊聚在一起呢。」鄰里都這麼誇讚羨慕，劉老總是笑呵呵地答著：「沒啦沒啦，我憨慢啦，剛好天公疼憨人，感恩，惜福！」

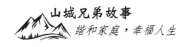

這四個兒子裡，以老大劉寶仁能力最好，國立工專畢業後被外商延攬至台北工作，之後又取得國立大學EMBA，英文說得呱呱叫，領導能力與談判能力也都一流，當然也是家中三位弟弟仿效的典範。北上之初，劉老爲了讓他們夫妻倆無憂無慮的打拼，便在台北買下了一間親戚出售的公寓讓他們安居，劉寶仁果然不負衆望，在台北發展得很好，後來又與人合夥開公司擔任副總，頂峰時每年可以有三、五百萬收入。

「台北人很現實，爲了上位什麼手段都使得出來，公司內部充滿算計、派系、鬥爭、大股吃小股，每天都好像在上演《後宮甄嬛傳》一樣。」寶仁總是這麼說，後來產業景氣持續呈現低迷，寶仁就把股

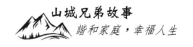

份賣掉，跟其他朋友到大陸發展業務，算是趕得上時代趨勢的社會菁英。

不過劉寶仁可能事業有成意氣風發，同時久居高位，所以在事業場上雖然有高超的人際手腕而且熱心親切，但私底下對待家人、員工就總是有「霸道總裁」的獅子心和狼性，雖然不會虧待他們，卻有強烈地唯我獨尊的專制性格，講話不留情面甚至當眾喝斥，讓人無地自容。

老三劉寶善則是傳統的樸實個性，親切隨和，所以大家就叫他阿善，阿善有虔誠的宗教信仰，奉行靈隱道場「勤儉、樸實、刻苦、團結、隱德、鞠躬盡瘁」的「靈隱家風」，客廳中也掛著一幅由白水老人（韓雨霖道長）書寫的一貫道「道之宗旨」：

「敬天地，禮神明，愛國忠事，敦品崇禮，孝父母，重師尊，信朋友，和鄉鄰，改惡向善，講明五倫八德，闡發五教聖人之奧旨，恪遵四維綱常之古禮，洗心滌慮，借假修真，恢復本性之自然，啟發良知良能之至善，己立立人，己達達人，挽世界為清平，化人心為良善，冀世界為大同。」

阿善和老二、老四一直都在故鄉定居，阿善並和人合夥開了一家工廠，事業安定，三人也都是道親，但以阿善最能發心，因爲信奉「修道立德」的宗旨，所以爲人處世都以「謙沖自牧，慈悲包容」來自我惕勵。而妻子蓮妹十分賢淑，逢年過節家族團聚都在阿善家舉

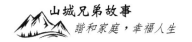

辦，大小事都是由蓮妹一人包辦，他們兒子樂樂和女兒安安也都聰明乖巧，會在一旁搭理，一家人都很得神佛疼惜。

然而，歲月雖靜好，世事總無常，九二一大地震時老家受損，不能再安住，原本穩定的生活局面也開始產生鬆動變化。

老家震毀，劉姥姥去年生病歸空

九二一大地震害得台灣很多人家破人亡，劉老的老家也被震壞，不好再繼續居住，因爲老家古厝是否要整建，要如何整建，都非一朝一夕可商定執行的事，所以兩老如何安頓便成了當務之急。

雖然留在故鄉的三個兒子都認爲兩老可搬去與他們同住，但劉老認爲，一個小家庭頓時增加兩個老人，他們原本的生活秩序會被打亂而且也稍嫌煩雜，實非爲人父母者之所願。爲了不要過多干擾兒子們原本的家庭生活，幾經思考後劉老對三個兒子說：「我老來老康健，還腳勇手健，就搬去阿善的工廠住，順便幫工廠看頭看尾。恁阿母就

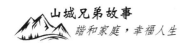

輪流住在老二、老三、老四家，每個兒子十天，安捏和子孫的感情才不會散。」

三兄弟雖然不捨，但為了尊重老人家的意願，也只能先依照劉老的意思辦理。臨走前劉老還叮嚀三兄弟：

「仙佛有講『人間一佛堂，天上一葉蓮』，每天早晚要記得到佛堂獻香，也不要應付了事，這不只是給仙佛燒香磕頭而已，更是要在仙佛面前好好反省，惕勵自己腳步不要踏差。」

三兄弟向來虔誠，他們都深知，肉身進佛堂只是一個樣子，能克己復禮獲得佛光淨化靈性才是關鍵，所以都一再保證會繼續行禮如儀，劉老相信兒子們都會蒙受仙佛的保佑，便安心的搬到工廠。

但隨著年紀增長，劉姥姥在一次跌倒時腿部受傷，從此都得雇請印尼外傭照護，這樣一來，除了家裡多了一個外人居住走動，印傭阿蒂不吃豬肉與混到豬油、豬味的食物，都自己動手煮食，也著實增添一些騷動和麻煩。劉姥姥也顯得很為難，好似是自己給大家帶來麻煩，總覺得如果自己不要受傷，就不會拖累大家，一家人就可以如往常一樣過著平靜生活，因而總是悶悶不樂。

有一次阿善去接阿母回來，車上阿母就在怙唸著：「你二嫂、四弟妹不喜歡阿蒂動她們的廚房，鏗鏗鏘鏘的妨礙家人睡午覺，雖然阿蒂自備了鍋碗瓢盆，她們還是覺得礙眼占位子，生活細節的小摩擦也讓她們一直叨叨唸唸的。那天阿蒂跟我說，阿嬤，還是三嫂人最好，在她那邊住的時候最沒有壓力。唉，人家離鄉背井、飄洋過海的來台

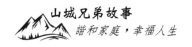

灣討生活，也是不容易啊！不過話說回來，還是在阿善你家住最適心，反正再吃也沒幾年，拖拖就過去了。」

雖然阿母只是無心的閒話家常，聊聊生活狀況，但阿善聽了卻心裡難受，總覺得老人家爲了家庭孩子含辛茹苦一輩子，安養天年之際，過得不應該是這樣的日子。

當晚阿善便和蓮妹聊起此事，阿善說：「感覺阿母總是心事重重，家族也變得不像以前那麼和諧歡樂，哪天我們老了，是不是也會給樂樂和安安添麻煩？只是生老病死是人都一定會經歷的大事，誰也無法避免啊！」

蓮妹：「是啊，誰願意變老、生病、給子孫添麻煩呢？就叫阿母寬心一點，其實我眞歡喜阿母來我們家住，這樣才有機會盡到媳婦的職責。」

阿善：「我知道妳是有度量的人，如果讓阿母固定住在我們家就可以減少很多問題，家族氣氛也可以和樂一點，但逢年過節家族都是在我們這裡團聚，大小事務也都是妳一手包辦，妳的好我一直都知道也很感恩，但如果阿母又固定住在我們家，對妳也是很不公平。」

蓮妹：「我是沒關係的，佛堂的人常講『父母是最大的菩薩，孝順是最好的修行』，不孝順父母而勤於拜佛，也只是虛偽與枉然，神佛也不會保佑。我們就去請阿母來定居好了，這樣他老人家也會過得開心點，樂樂和安安也會很高興，這兩個孩子還總是自掏腰包買很多保健食品給她們阿嬤吃呢，阿母也很疼他們。」

蓮妹的知書達禮，讓阿善很是欣喜，除了一再道謝，也終於讓姥姥固定住於他們家，對於能盡到作爲一個兒子的義務和責任，阿善心裡非常歡喜，這種歡喜並非神佛會因而保佑他，而是盡到了自己本分的無愧和坦然。

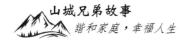

但隨著年紀的增長，姥姥最後還是於去年歸空了，那時老大劉寶仁已回鄉與兄弟共同成立公司。慶幸的是，姥姥最終有從醫院請假回來參加公司佛堂成立時的清口儀式，正式成爲道親，彌留時也返回阿善家裡等待神佛接引，衆多道親都來家中念經念佛爲她祈禱，最後姥姥在漫天梵音和香煙裊繞中，接受了道親們滿滿的祝福羽化成仙，子孫在側，壽終正寢，安詳的回到理天。

承蒙無生老母和濟公活佛的恩澤，九天的守靈聖光萬丈，顯示姥姥已經得到最後的善終和仙佛的接引。進塔後，劉姥姥的靈位就設在阿善家中，阿善每日親自晨昏定省，獻香奉茶，猶如姥姥仍在。

多日後，阿善終於在一次施工時，因勞累與悲傷過度而突然暈厥，完全不省人事，待醒來時才被發現已被二哥寶德送到醫院。有人說，因為人會壓抑情緒，所以親人離世最悲傷的不是當下，而是在日後某個時點觸景傷情或情緒滿鬱而一次崩潰，阿善大概就是如此吧。不過阿善也因此明白了：

「雖然不捨慈母從此永別，但死亡並非結束，而是另一個生命的開始，阿母已經走完她的人生路程，做完這輩子的功課，也算功德圓滿，了無遺憾了。」

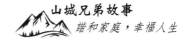

阿善決定從此刻起收拾心情，惕勵自己更加「收圓」——收束身心，圓明覺性，繼續這趟紅塵的修練旅程，不讓阿母擔心。

阿善在心裡跟姥姥說：「阿母請您放心，我們兄弟都會孝敬阿爸，團結和諧，也會更加行善積福，等到返回理天時，就能和阿母再度團圓，承歡膝下了。」

阿善相信阿母已經聽見他的祈禱，便抹去眼淚，重新站立起來。

大哥返家，全家團圓，問題浮現

劉姥姥過世前，老大劉寶仁已結束在大陸的工作，他總是感慨的說：「大陸的生意，不是一般正常人可以勝任的！」返台在一家公司服務，之後屆齡退休，阿善於是請劉老邀請大哥回來定居，也趁著父母都健在時，能及時盡到人子之道，所以從讀書開始就離家的大哥便回來跟全家團圓了。

阿善心裡想：「大家都六十多歲了，全家人還可以再像兒時一樣聚首，並且一起父母承歡膝下，眞是美好的事啊！」

阿善繼而想，古人說「兄弟合心，其利斷金」，如果四兄弟能夠團結起來義無反顧拚一次，一定可以幹得轟轟烈烈！而且阿善自認沒有大哥能幹，阿善的公司如果想要擴大經營、開發國外市場，一定需要大哥的協助，大哥英文能力強，國際業務談判能力也強，可是一等一的人才，所謂打虎抓賊親兄弟，找大哥準沒錯！

阿善越想越欣喜，不禁笑了出來，於私於公這都是很棒的計畫，於是便邀請大哥到公司當顧問，負責接洽國外業務。

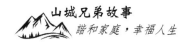

知道阿喜的想法後，大哥劉寶仁說：「我在台北是一個月二、三十萬的專業經理人，來這裡才領八萬元，但爲了照顧大家庭及幫兄弟的忙，我這個做大哥的也只有委屈一點了。」

大哥答應後，阿善眞是喜出望外，兄弟可以一起合作，一定能夠無往不利。不過，這裡面也有一些問題，首先就是阿善的合夥人阿貴並不認同公司一定要擴張，擴張總是有風險，所以也不是很支持劉寶仁到公司擔任顧問，他甚至懷疑阿善這種「內舉不避親」的規劃，更像是在圖利自家人並擴充他們家在公司裡的勢力，更讓他覺得自己已經被邊緣化了，甚至變得可有可無，只是在這裡分食殘羹而已。

所以，雖然大哥劉寶仁一來不久便到國外爭取到一年代理權，也聯絡到幾家外國製造商，業績因而持續呈現成長，但阿貴卻與他們日漸疏遠，總覺得這只是他們劉家的事，而自己的處境只是越來越堪憂，毫無前景可言。

另外就是，大哥劉寶仁向來與大嫂慶珠、兒子國銘不合，這次他搬回來，雖然可以因爲減少接觸而減少衝突，但事情終究不能根本解決。大哥年輕時便因爲就學就業而離家，一年回家沒幾次，而大嫂慶珠回來的次數就更少，總計可能不到十次吧，可見兩人關係已降到冰點了。

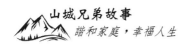

不過阿善覺得這也不能完全怪大嫂，大哥總是命令他們要做什麼、不可做什麼，而且要求嚴格，動輒怒罵，人總是有尊嚴和自由意識的，在這民主時代，誰又能如此被專制的對待和箝制呢？而且阿善也覺得，大哥的兒子，也就是他的姪子國銘國立科大畢業，也算可造之材，卻經常和大哥吵架，後來國銘也到公司上班，表現卻差強人意，這不也是教養問題嗎？所以阿善對國銘便更加細心教導，希望他能有所進步，終究都是劉家自己的血脈。

不過，阿善總會想起一貫道點傳師說的：

「原靈迷戀世間的名利情慾，所以產生貪嗔癡，因而沉淪六道輪迴不能自拔，但世間也是我們歷練與修行的道場，只要願意向道，總有一天我們會發現自己的錯誤，進而幡然悔悟，好好為人處世，修行精進，這樣就能又找回本心。」

還好，大哥也是信仰仙佛之人，他只是年少有成、中年發達，所以被成功和傲慢沖昏了頭，才處處自以為是，氣勢凌人，但他是那麼聰明的人，別人的反應就是一面鏡子，總有一天他會在別人對他的負面反應中，看到自己的缺點。

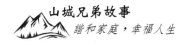

公司易主，大哥擔任董事長兼總經理

這天阿貴終於和阿善講白了：「現在公司就是你們劉家的天下了，我就把我的股份賣給你，讓你們成爲眞正的家族企業吧。」

阿善一聽知道阿貴話中有話，可能誤會大了，連忙解釋道：「阿貴，雖然我大哥在公司任職，但事實顯示，他來了之後公司業績蒸蒸日上，同時業務持續拓展，你的股份也沒有減少，不但分紅增多了，決策權也沒減少啊，怎麼說要拆夥呢？現在正要開始賺大錢呢！」

但阿貴有他的「深謀遠慮」，還是堅持退出，阿善只好答應接下他的股份，祝福他能鴻圖大展。但是阿善一時拿不出這麼多錢，同時也希望能由兄弟們一起經營，實現兄弟共同創業的理想，於是便召開了一個家族會議。

阿善估算了一下，雖然公司登記資本額只有八百萬，實收七百萬，但現在的資產價值有三千萬，可是兄弟裡除了大哥有錢外，老二、老四可能資金不足，因此還是決定以一千萬當成股權讓大家認股。

家族會議時，大家都認同兄弟一起經營，也決議大哥劉寶仁持股三百萬（30%）、二哥劉寶德兩百萬（20%）、阿善三百萬（30%）、四弟劉寶良兩百萬（20%），同時也讓老二寶德進入公司任職。

老二、老四這時也提議：「三哥，雖然公司是你創始的，但現在

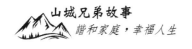

也已經重組了，大哥能力強又是我們的兄長，董事長可以換他做嗎？」

「好啊！」阿善一口就答應了，「就由大哥接任董事長職務，從此衆人一條心，黃土變成金，一起合作把公司做大，這樣除了賺錢也可以幫助更多客戶和員工，大哥你說是吧？」

大哥停頓了一會兒，然後說：「好吧，爲了家族好，做大哥的總是要多擔待。」

大哥又停頓了一會兒，然後才又接著說：「但是公司就要有公司制度和規矩，開公司不是家人在辦家家酒，一副local的樣子，這樣才能確實治理。那麼從現在開始，就由我來整頓公司，相信公司一定會展現出現代化企業的精神和樣貌！」

此時三個弟弟也都認爲，大哥是跑過世界，看過世面，幹過大事的人，他有他的宏觀和企圖，也有他的手段和策略，由他來帶領公司，應該能將公司推向最好的境界。

就在公司董事變更手續完成後，大哥劉寶仁就以董事長身分召開全體會議，劉寶仁正式當衆宣布：「我現在以董事長身分宣布人事命令，本人兼任總經理、劉寶德爲工務部經理、劉寶善爲業務部經理……。爲了公司行政效率與決策正確，以後公司大小事都由我負責及管理，所有股東不能有意見，有意見只能在股東會議時提出建議，而最後決議仍由我做主。」

其餘三兄弟此時面面相覷，法令規定，董事會每季至少應召開一次，而股東常會每年至少應召集一次，如依大哥這麼講，董事們的意見，不就一季甚至一年才能表達一次，其餘時間都要「惦惦」不說話？一切由大哥做主，這樣不會太專斷嗎？之前家族會議時，他可沒這麼說啊！

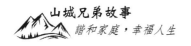

於是阿善便舉手表達了意見：「我建議董事會、股東會議都能固定召開，定期聽取大家的意見，另外，員工也能隨時表達他們對公司的改善建議……」

還沒等阿善說完，大哥劉寶仁便打斷他的話：「如果你們的方法有效，公司就不會是現在這個樣子，我來之前公司有賺錢嗎？我來了之後公司不是開始賺錢嗎？所以你們不是應該順從內行人的領導嗎？我現在是來整頓公司，帶領大家賺錢，不是來交朋友的！記住，以後凡事我說了算，我也保證讓大家賺大錢，發大財！待會兒散會後，阿善你來辦公室找我。」

阿善覺得有些背脊發涼，心裡毛毛的，好像大哥劉寶仁是在殺雞儆猴，拿他陣前祭旗，見過世面幹大事的人都是這樣嗎？在場所有人也都一片沉默，大哥報告或訓話完畢後問大家有沒有意見，沒人有意見，於是所有人事布局、公司政策（就是無論大小事都須由董事長說了才能算數）就無人反對通過了。

散會後，阿善依大哥剛剛的指示到辦公室找他，順道找了老二劉寶德一起去，終究有兩位董事說話底氣比較足。

一進門，還沒等阿善開口，大哥劉寶仁就罵道：「我們是自己人，你剛剛卻在大家面前故意給我難堪，這樣公司怎麼帶得起來！」

阿善解釋道：「帶人帶心，哪有像你這樣不准別人發表意見，對你唯命是從的？」

大哥劉寶仁聽了更生氣了：「那你自己下去做做看啊，你做的起來嗎？其實我進來公司後就發現你有很多錯誤，一句話就是『土法煉鋼』，根本沒有專業可言！我已經很包容你了，如果你是員工早就開除你了！」

阿善一聽無法接受，正要辯解，老二劉寶德趕忙打圓場：「我們三個人都只是做工的料，不適合做老闆，先聽大哥的吧！」

老二劉寶德邊說邊安撫老大，還邊把阿善拉出去，就這樣，公司成立後的第一場會議，就在阿善被當眾洗臉和事後被訓斥中結束。

為了追求成功，變得專斷獨行

阿善以往只是覺得，大哥劉寶仁自幼就是很能專心致志的人，不會爲了旁務而壞了他對目標的堅持，因而顯得不夠柔軟，不過也因此才能在學業和事業上都有所精進斬獲，譬如他會推卸家裡的事務、對雙親的奉養，只致力追求自己的目標，這都無可厚非，但沒想二十歲離家一別四五十年後，他卻變得如此趾高氣揚、專斷無情，讓他覺得有點心寒！

也在公司擔任工務部經理的二哥劉寶德知道阿善難免「鬱卒」，便經常勸他說：「三弟，先不要急，就讓大哥先大展身手試試看，終究帶領一個團隊眞的不容易，難免會有情緒波動、顧此失彼的狀況，很難事事圓滿，當然每個人也都有每個人的管理風格，談不上誰對誰錯，大致來講，只要最後的整體結果是好的，大家就互相包容體諒，不要爲了旁枝末節和個人意氣相互記仇。」

阿善覺得二哥的話雖然表面聽起來有理，但實質上卻忽視人性中最重要的因素：尊重，古人就有「不食嗟來食」的故事，寧願餓死也不吃傲慢施捨的食物，長期以往，公司的員工不也會寧願不要這個飯碗，全部跑光嗎？

但阿善也在反省，到底是我自己不夠大度，還是大哥劉寶仁稜角眞的太利？譬如有一日，阿善告訴大哥劉寶仁，今天下午有工務人員要來面試，大哥卻瞬間變臉：「爲什麼我事先都不知情？人員要增

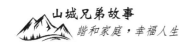

補、要應徵，董事長都不用知道嗎？你就是這樣不尊重我，上行下效，員工才都不尊重你，卻都怪罪是我打壓你！」

阿善一聽連忙解釋：「大哥，之前到高雄一起出差時就跟你說了，你說這是小事，你們去處理後再告知我就可以了。我和二哥看過這個人的履歷表，經驗豐富，也很符合公司的技術需求，所以約他面試，現在不就是跟你報告嗎？」

大哥劉寶仁可能是公務繁雜一時給忘了，但現在卻拉不下臉來簡單的說一聲「抱歉」或「瞭解了」，反而更氣勢凌人的要壓制對方：「那你履歷表給我看過了嗎？我同意了面試了嗎？」

阿善頓時無語，這麼說來，問題的拿捏與詮釋，不都他一個人說了對，是非對錯不都他一個人說了算？而且大哥總是「寬以待己，嚴以律人」，經常不深思熟慮或聽取大家意見就下了一個命令，當大家精疲力竭的搞了老半天，他才又突然沒來由、無厘頭的喊卡，但所謂「上有政策，下有對策」，久之，員工也就採用應付對策來對待任務。

譬如，阿善之前叫姪子國銘去找廠商來做制服，也叫他去找廠商重做公司的路邊招牌，廠商都送來彩色圖樣，阿善也看過了，送去大哥那邊定奪，卻一直沒有回復，廠商一直催，大家都很不好意思，最後他就只說一句「不做了」，讓大家不但錯愕，也很是受挫。

此外，阿善還要擔心大哥和姪子國銘的關係會因此而一直惡化，之前國銘覺得公司網路系統有更新的必要，可以將內部管理流程、供應鏈管理、準客戶服務、數據分析做統籌管理，對公司戰力提升頗有助益。阿善覺得，年輕人能主動總是好事，其實可以給他們機會試試，不給他們試飛，卻責備他們飛不起來，好像是本末倒置。

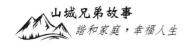

但國銘跟大哥多次提及此事，大哥都沒有明確回應，後來國銘便主動找廠商來評估規劃，反正是免費的而且也可以參酌看看，等規劃案送來後，大哥囑咐阿善和國銘好好研究，其他就沒再表示什麼，等到廠商主動來訪，人已經到公司了，大哥才說一句「公司目前沒有需要」要他們把人打發走，害得兩人對廠商滿是歉意，很是無地自容。

網路公司的人走後，國銘當場就發飆：「他有看過企畫書嗎？有詢問過一下意見嗎？就直接否決掉，那大家之前都在搞屁啊，當大家都是盤子啊！難怪員工都說在我們公司上班，苦幹實幹，撤職查辦；大混小混，一帆風順！」

國銘和大哥向來不合，積怨多了、久了爆發過一次，死火山就變成活火山，隨時會再爆發，什麼職位高低、老幼尊卑都不管了，所以兩人關係並沒有因爲國銘來公司上班而有所改善，而且因爲國銘都沒有得到大哥的肯定和機會，只有一再的拖延和否定，所以兩人關係幾乎就是更回不去了。

阿善也曾和大哥討論這個問題，希望他多尊重國銘的人身和意見，但大哥卻說：「大家一視同仁，國銘也沒有特權，國銘若做得

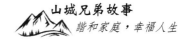

好，是對公司有幫助，與我沒有關係。」

俗話說：「無仇不成父子，無怨不成夫妻。」這句話應在大哥身上，其實滿貼切的，家庭親人關係名存實亡，像現在，大哥把責任撇乾淨的同時也把親子關係撇乾淨，眞是令人擔憂，冤仇宜解不宜結，何況大家都是一家人，爲何要搞成這樣呢？

理念不合，兄弟關係緊張

一日晚上，阿善開完會回家後已經十點過半了，也不說話看電視，也不去洗澡更衣，只是懶懨懨的癱在沙發上，好似過度疲勞後的心神耗弱，動也不想動，卻睡也睡不著。大哥劉寶仁經常臨時通知大家今天晚上開會，但開了一個晚上的會後，大哥又總是說「我再考慮看看」，然後就議而不決，從此沒有下文，又虛耗了一整個晚上。

兄弟都在想，大嫂慶珠不在大哥身邊，但我們都是有妻室的人，雖然不得不尊重大哥同時也是董事長的指令，但總覺得這樣沒有意義的虛耗，累的不僅是體力和精神，心理和意識的摧殘更是讓人難以承受。

蓮妹已經注意到晚上臨時開會的狀況持續很久了，這樣下去總不行，鐵打的身體也熬不住，不禁關心的探詢道：「公司業績這麼好嗎？要時常臨時晚上開會開到這麼晚？」

阿善有氣無力的說：「公司在大哥的帶領下，業績確實有成長，但也損失了不少準客戶。」

蓮妹有些訝異：「怎會這樣？大哥手腕不是一直很好嗎？而且你對客情的處理身段也很柔軟，大家都還工作到這麼晚！」

「唉，可能是大哥當了頭之後不用再跟別人交代了，而我們幾個兄弟董事也無法約束他，所以他就無所忌憚了！流失的客戶我再去回訪時都跟我抱怨，大哥每次與人談話，不但很強勢，而且只要對方有不同意見或大哥聽不下去的，就會直接跟人說『那你去找別人做好了』，人家哪嚥得下這口氣啊？市場又不是只有你劉家，當然轉頭就走了！」

蓮妹不禁疑惑道：「大哥對外人都這樣，對你們不就更嚴厲了？」

阿善無奈的嘆了一口氣：「大哥訂了很多規矩，只要對公司有幫助的，我都會全力配合，但這段期間確實有太多匪夷所思的措施，侮辱性跟傷害性都極強，連帶地我的情緒和壓力都很大，現在都需要靠喝咖啡或蠻牛才能撐著去上班或出差，晚上也要吃安眠藥才能入睡。

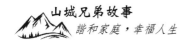

我現在吃也吃不好，睡也睡不好，整天擔心恐慌，身心都很難受！」

蓮妹一聽心疼不已，但心想，工程的事務我也不懂，公司和兄弟間的紛爭也不好介入，免得人家說都是婦道人家在背後使弄（挑撥），所以只能先安靜的聆聽，如果阿善願意說出來，那對他來講也是一種抒發。

阿善看了蓮妹一眼，覺得她有聽他發牢騷的意願，便接著說了一個實際發生的事情。

有一次廠商施工，阿善吩咐師傅早上先帶設備到現場施工，他自己則另一路前往別處取貨，中午再進行會合，但阿善中午到達時卻發現師傅尚未開始施工，便去了解狀況。

「下雨，不能施工。」師傅回復說。

「這種小雨，穿上雨衣還是可以施工啊！」阿善道。

「我已經跟董事長報告過了，他說好。」師傅有恃無恐的回復道。

但是阿善並未接到師傅和董事長的告知，形同被上下兩層級的人聯手架空排除在外，更重要的是，現在根本叫不動人，無法順利開工，阿善心情突然極度鬱悶，心口好像壓了一塊巨石，幾乎快喘不過氣來！虛耗了一個上午，下午施工後又一直出狀況，工程拖到第二天晚上才勉強完工，客戶非常不悅，也打電話到公司客訴。

回公司後阿善跟大哥劉寶仁報告工程狀況與延宕原因，大哥怒

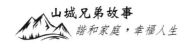

道：「都是你自作主張，沒有仔細和工務部協調才會這樣！」

阿善：「我是業務經理，連依客戶及廠商狀況分層負責的權力都沒有嗎？」

大哥：「對，我說過很多次，只有我說的算數！你行嗎？如果你這麼棒，就不會一直出錯！」

阿善也怒了：「員工都叫不動，怎能不出錯？我與二哥要員工做事，員工都會問董事長知道嗎？如果沒有便推三阻四，要員工做事幾乎都要用拜託的，然後有過錯都是我們的問題！」

大哥：「你兇什麼？如果不是我，以你們的能力憑什麼一年可以賺兩三百萬？你不但沒有感恩，還處處與我作對反抗，這樣對嗎？不想做可以走人啊！」

阿善聽了心頭一緊，心想：「我的股份與你相同，但薪水你比我多，年終也比我多，所有社團及公關費用也都是由公司出錢給你活動和做面子，連你疏忽造成的損失與補償，也都是由公司吸收，現在卻變成是你賞飯給我們吃！我是公司創始人，現在你卻跟我嗆聲不爽你可以走人！」

但阿善沒有說出來，以他的個性，惡言相向、互相推諉的話，總是到了喉嚨就會自動吞回去，不過他終於徹底理解為何二哥寶德會在前些日子以屆齡爲由提出退休，如果連一向挺大哥的二哥也受不了了，那誰受得了？

那時大哥跟二哥說：「你要離開，那大家就不要做了，公司直接申請清算解散就可以了！或者這是你和阿善對我的抗議？那就我退出由你們來承接也可以！這種鳥屎公司，像乞丐一樣在乞討，我會在意嗎？而且你們也從未尊重過我的貢獻，我還需要在意嗎？」

憨厚的二哥一聽那還得了，公司員工都需要這份薪水拿回去養家活口，怎麼可以說解散就解散，說改組就改組？於是立即鞠躬道歉，感謝大哥的犧牲奉獻，承認自己思慮不周，大哥怒氣才稍微平息，辭職風波也才不了了之。

聽完阿善的陳述，蓮妹也不敢對兄弟間隙多所置喙，免得火上添油，見阿善還是一臉疲憊，蓮妹便主動去幫阿善放洗澡水，讓他先好好休息，打虎掠賊也著親兄弟，問題總是可以化解的。

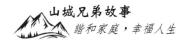

壓垮團隊的最後一根稻草

人與人之間最重要的便是要能「相互信任」，否則便很難一起合作，不然也會淪於相互猜忌，最後產生紛爭與鬥爭。所以人家說「打虎還得親兄弟，上陣需要父子兵」，因爲至親之間是最能相互信任的，所以可以一起出生入死。但阿善卻覺得，他與大哥寶仁之間的互信關係，已經蕩然無存了，現在見面都是劍拔弩張，衝突一觸即發的態勢！

有一日，客戶到公司來取貨，阿善帶客戶到倉庫時發現倉管人員不在，爲了做好服務，不要讓客戶久等，阿善便直接進倉庫拿了貨

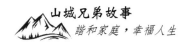

品，並留了字條給倉管人員。正要離開時，大哥和劉老剛好走過來，大哥對阿善說：「倉管人員不在，你不可以隨便進入倉庫拿東西。」

阿善：「不好讓客人久候，而且我也留字條了。」

大哥：「公司已經公告過了，因爲發生材料盤點不符狀況，所以出入倉庫一定要由倉管人員登記，並且清點物品和數量無誤後才可放行，你沒看過公告嗎？」

劉老看著阿善，好像能理解阿善也是情非得已，但公司的規定也是其來有自。

阿善回答：「不然我會偷拿出去賣嗎？」

大哥說：「嘿，我不知喔。」

大哥語氣輕蔑，積鬱已久的阿善終於情緒爆發，便揮臂吼道：「你講什麼！」

「你幹嘛？打我啊，來啊！」大哥也不甘示弱怒懟了回去。

劉老見狀便對著他們低聲喝道：「在公司咆嘯，不成體統，員工聽到怎麼辦？」

「阿爸，你親眼看到的，是阿善先挑釁的，現在不只全公司，全業界都知道，我們公司的業務部經理敢跟總經理大小聲！」

對於兩兄弟不合，劉老不但時有所聞，也是經常親眼目睹，現在還幾乎要打起來，內心當然難受有如針錐。

「寶仁也是隨口說說，阿善你何必當眞，兄弟間的玩笑話而已嘛！」劉老接著說。

「阿爸，大哥已經不是第一次這麼說了，那尖酸刻薄的語氣和輕蔑不屑的態度哪像開玩笑？每次公司開會時，大哥除了總是故意在大家面前數落我和二哥的不是，好建立他的威信外，會議中如果有重要電話我不能漏接，為了不要妨礙大家開會，我便只好輕手輕腳的先出去外面講，回來之後大哥就總是當眾問，是什麼見不得人的事，要這麼偷偷摸摸的，還非要會議中出去講不可？我也都當眾解釋是律師、黃董……，因為比較緊急，所以去外面講，不要打擾到大家開會。但大哥還是每次都故意含沙影射，現在公司員工不但完全不尊重我，也跟大哥一樣把我當成賊，還會直接拒絕我的人員指揮和物資調度！」

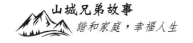

年長的劉老臉色變得有些蒼白，心想，自己也不好介入兄弟誰對誰錯和公事爭紛的仲裁，我也不是太上皇，也不是法官，只是想圖個家族和諧，子孫安樂吧，怎麼這麼難？便還是低聲怒道：「如果你們還要我多吃幾年，就不要老是演這齣的！在我面前你們就這樣吵，我不在時，不就鬧上天了！等到哪天我死了，家族不就直接散路了？我是這樣教你們的嗎？要是讓你們阿母看到，她也不用養病，直接駕鶴西歸了！」

說罷，劉老賭氣的轉身離去，一邊走還一邊喃喃唸著：「仁德善良是寶，仁德善良是寶……唉，是我憨慢教子，祖先要怪怪我，是我憨慢，要處罰請處罰我……」

兩兄弟看著阿爸離去時難過佝僂的背影，也就都先安靜下來，然後各自悻悻然的離開。

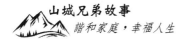

思想差異，缺乏溝通，終成冤仇

大哥劉寶仁對點傳師、道親都客客氣氣的，也定期做為數不少的捐獻，後來兄弟們更在公司裡蓋佛堂、舉辦佛學講座，所以大家都對大哥很有好感，覺得他是寬厚仁慈的長者，也尊稱他為大師兄。後來大哥還在公司實施禁葷政策，禁止各種葷食入內，雖然阿善也是道親，但覺得應該尊重個人信仰自由，不能強迫，但大哥頗為堅持，且毫不留情面的嚴厲執行。

大哥也經常在道親面前表現出許多無奈：「我都退休了，之前累積的財富也足夠我無憂無慮的到全世界各地遊山玩水了，但卻被弟弟們拱出來帶領家業，身爲大哥，除了義無反顧扛起來，還能說什麼呢？但弟弟們沒見過世面，對科技管理更不熟悉，所以對我的政策和領導，總是因爲無法理解而多所誤會，爲了讓公司與時俱進，不被淘汰，我也只能以較爲強勢的手段去貫徹，結果被說成獨裁專斷。我想說那算了，我退出吧，他們也不肯，說會引起公司震盪，那我該怎麼辦？長期以來我的身心都很受折磨，其實我根本不用做這些承擔的啊！」

最後大哥還多次託點傳師、道親們來跟阿善「道德勸說」，說本是同根生、兄弟同心黃土變成金等。

阿善聽完道親們的來意不由得解釋說：「我們並非反對或厭惡大

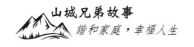

哥，也並非不尊重他與他的專業，否則也不會推舉他當董事長啊？但弟弟們也都是六十多歲的人了，卻常被他羞辱得無地自容，甚至無來由的責罵，還說都是他賞飯給我們吃，叫我們要懂得感恩。我想大哥應該是始終沒有搞清楚我們之間爭執的主因吧？而那也是我們心中永遠的痛啊，誰會想跟親大哥齟齬呢？」

孟子有言：「愛人者，人恆愛之。敬人者，人恆敬之。」大哥寶仁應該是沒釐清，他沒有「愛人」、「敬人」之心，而是將自己的行為當成「施捨」，並認為別人都應該因而「感激」他，所以才沒人愛之、敬之！同時也因為他「我是來度你們」的救世主心態，因而不容許別人對他有所質疑與延遲。

道親們聽完阿善的解釋，大致明白了兄弟間心態的差異與間隙的由來：大抵，大哥寶仁是照顧兄弟的，但態度貢高我慢，傷害了弟弟們的自尊；而阿善也沒有對抗大哥的意思，他只是希望能獲得有尊嚴的對待，當然更希望大哥能改變他的心性，如此才能有更良善的結局。

道親們於是承諾，回去後會轉達阿善的意思給大哥知道，但所謂「解鈴還需繫鈴人，心病終須心藥治」，兄弟倆的關係，終須他們自己開誠布公地去面對、處理，最終才能放下積怨，恢復至親之情。於是便說道：

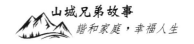

「寶善師兄，你和寶仁大師兄都是我們敬愛和景仰的師兄，也是我們仿效學習的對象，相信您們之間的問題，應該可以很快的處理圓滿。

師父說過，人與人之間的誤會，經常是理念不同又沒充分溝通所造成，而親人之間更容易因爲不會特別在意對方感受，也不會刻意斟酌用字遣詞和說話態度，因而造成更強烈的誤會和衝突。

但在活佛師尊慈訓下，我們必然都能感恩敬愛，和樂融融。」

心結，心劫，宜解不宜結

回到家後，阿善還是又懶懨懨的癱在沙發上，等到一口氣喘得差不多了，才又習慣性的起身進入姥姥房間探望她老人家。

「阿母。」阿善問候道，並示意印傭阿蒂可以先去休息，換他照顧阿母，阿蒂照顧阿母也是挺辛苦的，姥姥常說：「阿蒂一個人長年在外掙錢寄回家，自己則省吃儉用，過得也不容易，有時睡覺到深夜還聽見她在偷哭，可能是心裡想家，夢到故鄉的親人和情景吧？所以能對人家好，就不要吝惜，做人要慈悲啊。」

姥姥正坐在大藤椅上看重播連續戲，見阿善來了，還跟他說著戲裡的劇情：「兩兄弟爲了爭奪董事長職位，整個家族都變成敵人，底下的晚輩也相互陷害，除了設計發生車禍要害死親人外，還說要用一根番仔火加一桶汽油把人燒死！人不能這麼壞，天公伯有目睭，總是會有報應！」

見姥姥看得入迷，還信以爲眞，阿善便說道：「搬戲的啦，人哪有這麼壞的，不然早就天下大亂了！」

姥姥不認同：「大家都講：『戲棚頂有彼種人，戲棚腳就有彼種人。』你看，皇帝的兒子，還不是爲了搶當皇帝，彼此殺來殺去，害來害去，最後還抄了兄弟的家族，殺光自己的姪兒血親！」姥姥講的是康熙皇帝的「九子奪嫡」，她最近在看這齣戲。

阿善不說話，心裡若有所思，便轉移話題道：「最近春暖花開了，找一天我和蓮妹，載妳和阿爸去日月潭逛逛，看櫻花，吃活魚，順便買一些土產送給親戚鄰居，不要老是待在屋裡看電視，或只是在小公園曬太陽，偶而出去逛逛，心情也會開朗一點，身體也會好一點。」

「走不動了啦，多累贅的！」阿母雖然已經心動了，但嘴上仍推託著。

「不會啦，把輪椅放後車箱就可以了，到的時候，我再慢慢推著妳走路看風景。」

「你大哥寶仁要去嗎？」姥姥問，「好久沒見到他了。」

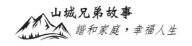

大哥可能自幼離家慣了，現在很少來探望姥姥，久了大家也就習以為常。

「喔，我再問他看看，不過如再加上阿蒂，車子就坐不下了。大哥社團多，活動忙，哪天我再請大哥來看妳。」

「也對，公事為重。」接著姥姥不說話，其實她心裡很是盼望，有朝一日全家的兒子媳婦、孫子孫女都能團聚在一起，伴著兩老來一場家族旅遊，而這也是她這輩子最後的願望了。只是姥姥也知道，現代人忙碌，逢年過節都不易兜齊了，何況家族旅遊？所以也就隨緣了。

過了半晌，姥姥才又不得不開口的說：「阿善啊，其實你和寶仁的事我多少有聽說啦，你們都是我生的，我了解你們的個性，沒有誰會故意想對誰怎樣，可能是因爲你和寶仁兄弟離開太久了，彼此生疏了，不夠了解，所以才會因爲摩擦而生出誤會，誤會沒有化解就變成衝突，親兄弟哪有什麼怨仇不能說明化解呢？道場的人常說『道親手足，本是兄弟，共出一脈，四海同源』，何況你們是親兄弟呢？」

姥姥還在養病，爲了要讓她寬心，阿善點頭說是，又拉著姥姥的手噓寒問暖，陪看電視，過了好一會兒才退身出來。出來的同時他才突然領悟《百孝經》的一句話：「兄弟和睦即為孝，忍讓二字把孝全。」

原來，最大的孝順不是能夠養活父母，孔子早說過：「今之孝

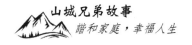

者，是謂能養。至於犬馬，皆能有養。」犬馬都可得到主人的飼養了，那麼子女贍養老人家，又怎能就可以稱得上是孝呢？

而最大的孝順既然是《百孝經》說的「兄弟和睦即為孝」，方法便是「忍讓二字把孝全」，兄弟都是父母的心頭肉，兄弟內鬨，父母心裡淌血，比自己身體裂解還痛苦千百倍，此是最不孝！兄弟相互忍讓，家族和睦，父母一輩子心裡安安泰泰，舒舒適適，才是最大之孝！像康熙大帝雖是爲千古一帝，但面對自己的兒子爲爭奪皇位而互相殘殺，子孫蒙難，也只能潸然淚下了。

至誠禮佛，祈禱兄弟和合

阿善離開阿母房間來到客廳，見蓮妹正在整理家務，於是便將帶阿爸、阿母到日月潭玩的構想告訴蓮妹，蓮妹聽了也頗爲贊同，同時還建議改爲兩天一夜，並說道：「你也趁機好好放下公司業務，盡情輕鬆一下，別讓心情總是那麼緊繃鬱悶。」

是啊，人生就跟風景一樣，可以四面八方，可以遼遠壯闊，可以一望無際，可以自由放飛，何必拘束自我於一個死角，總是做著同樣的痛苦掙扎呢？

「這不錯喔，我再規劃一下。」阿善說，蓮妹興致沖沖的說好，然後又繼續整理家務。

阿善若有所思，過了一會兒，終於開口對蓮妹說：「最近阿爸、阿母和一些道親都跟我說，我和大哥的爭執應該是對彼此的誤會沒有澄清，所以才造成積怨日深，你也這麼認爲嗎？」

蓮妹放下手上的家務，沉思了一會兒說：「大哥是虔誠的道親，已經清口吃素很久了，而且經常出入佛堂，對道場的支助也一直很用心，你們又是親兄弟，他不至於故意做出傷害你的事吧？但他可能長年在商場征戰，壓力過大，所以有躁鬱的傾向，因此脾氣暴躁難以控制吧？

這都是我自己想的啦，其實，我覺得你們家的人都是善良的好人，這也是我覺得嫁到你們家很幸福的原因。不過，每個人當然都有自己的脾氣個性，大哥可能比較剛烈吧，不過這應該不等於他就是壞人。

師父說過，有成就、地位的人反會因爲驕傲、權力而自以爲是，因而失去原有的智慧與修爲，所以有成最忌驕盈。大哥可能只是一時被自己沖昏頭了，再加上大家有隔閡欠缺溝通，所以日久便積怨成仇。哪天我們再去請教師父，師父應該可以給我們更好的指點。」

阿善聽完，想著大哥長年在外讀書創業，事業有成，交遊廣闊，而自己跟老二、老四則是一直在故鄉一起定居，生活樸實，這應該就是我們和大哥有差異隔閡與相互不了解的原因吧！

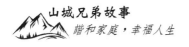

「或許，現在就是濟公活佛恩師要我去彌補兄弟情誼的契機吧！」阿善心有所感的對蓮妹說。

「是啊，師父有說，大舜對父母孝敬，對兄弟友愛，凡事都能逆來順受，二十歲就以孝悌聞名天下，所以後來堯帝便將天子之位禪讓給他，也將兩個女兒都託付給他。所以，孝悌應該是齊家、治國的根本，如你們兄弟能夠和諧，阿爸、阿母便會歡喜，這也是孝悌的實踐啊。」

阿善點頭表示贊同，也想起《弟子規》所說的兄友弟恭乃爲孝，不須因爲錢財、行爲、語言而憤怒生怨：

「兄道友，弟道恭，兄弟睦，孝在中；財物輕，怨何生，言語

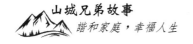

忍，忿自泯。」

晚上，沐浴更衣後，阿善一個人到佛堂禮佛，阿善總是覺得禮佛能夠讓他身心安定，而且只要心無雜念禮佛，不但安適自在，對一些問題的疑惑也會自動浮現答案出來。

阿善相信這都是仙佛的慈悲點化，讓他產生靈性的感悟——如果沒有仙佛的點化，我們如何能產生靈性的感悟？但本身沒有修行開發靈性，又如何能接收到仙佛的點化？所以禮佛與修行是兩者同時俱進的。而且所謂心就是佛，自性就是佛性，禮佛就是在禮拜自己的佛性，並仿效先聖的明德，對自己反省，對他人感恩，對天地虔誠，最終我們也能因而諸惡不作，眾善奉行，自淨其意，自明其心，也看到自己清清白白、明明朗朗的佛性。

接著，阿善心無旁鶩，專心致志的禮佛，終至雜念不生，諸緣放下，不久，萬境皆空，清明寧靜，突然，靈光一閃，佛性自現，阿善終於感悟到自己的心已經沾惹了紅塵與憎怨，迷失了本來的無爲與無染，不覺眼淚簌簌如雨，頓時也更加發了愿懺：

明明上帝蓮下　幸受真傳
彌勒祖師　妙法無邊
護庇眾生　懺悔佛前
改過自新　同註天盤

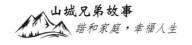

凡係佛堂　顛倒錯亂
望祈祖師　赦罪容寬
南無阿彌十佛天元

阿善禮拜起身後又靜思，劉老時常喜孜孜的講，一貫道有三寶，我們家有「仁德善良四寶」，用以提醒兄弟，不要忘了老人家的用心良苦。阿善也記得白水老人說過：

「做好了『孝悌忠信、禮義廉恥』，就是有道。」

而此「八德」又以孝悌爲先，所以濟公活佛也說：「孝悌，是白陽修子基本功課。」一百善孝爲先，而孝又以悌爲首，也就是孝順父母首重友愛兄弟。

阿善於是下定決心，要主動與大哥破冰，重修兄弟關係，也向無生老母、濟公活佛、仙佛神聖和歷代祖先祈請，但願手足人人心心相應，大哥也能感應他的誠心誠意，彼此關係能順利改善。

功德在法身中，不在修福

劉家一家人都是一貫道虔誠道親，四兄弟合組公司後也在公司成立公共佛堂，供大衆使用，也提供員工免費中午素餐，並定期舉辦佛學講座，以慈悲爲懷，希望幫助更多人，讓更多人可以獲得神佛救度。

《六祖壇經．疑問品》：「帝問云，朕一生造寺度僧，布施設齋，有何功德？達摩言，實無功德。」「武帝心邪，不知正法，造寺度僧，佈施設齋，名為求福，不可將福便為功德。功德在法身中，不在修福。」「功德須自性內見，不是布施供養之所求也，是以福德與功德別。」

一日佛學講座，師父講的是「功德與福德」。有「菩薩皇帝」美譽的梁武帝自認一生都在建造佛寺、廣度僧人，佈施奉獻，設齋供養，應該是功德無量，於是得意洋洋的問達摩祖師，我這樣有何功德呢？自以為能得到達摩祖師的讚譽，未料達摩祖師卻說，實際上並無功德。梁武帝聽了很是不悅，於是以相談不歡為由，請達摩祖師返回。後來宮中的國師告訴梁武帝，武帝心念偏斜，不曉得真正的佛法要義，上述作為只是在「求福德」而非「修功德」，真正的功德是在修練自己的菩提心，見到原本內在的自性。也就是，做善事只能「求得人天福報」，並不能「證得本心自性」。

梁武帝最後並且不得善終，他被叛賊圍困於宮中，最後叛賊首領斷絕給梁武帝飲食，他因而患病又飢渴，最後一再哀嘆而死。可見，梁武帝最後連福報也沒有了！因爲他總是在炫耀自己的功德，因而折損了福報，同時福報也已經轉換成別人對他的歌功頌德，所以一切福報歸零，最後只剩心念偏斜造作的過失。接著師父也將話題轉到人生的運用上：

「位高權重的人若沒有感恩的心與慈悲的心，總是認爲自己在做功德，高高在上，別人都像乞丐一樣在接受他的施捨，低賤於下，必須對他感激涕零，那麼他也會跟梁武帝一樣，不但毫無功德，最後也會喪失所有福德，只剩心念偏斜造作的過失。

修道、吃齋、念佛也是一樣，目的是在自省其身、自淨其意，最後了悟，本來無一物，何處惹塵埃；但如果因爲修道、吃齋、念佛就覺得自己清淨，別人汙濁，自己智慧，別人愚昧，一樣不但毫無功德，最後也會喪失所有福德，只剩心念偏斜造作的過失。」

阿善聽完豁然開朗也頗有感通，好似他想跟大哥寶仁說的，今天師父都說了，仙佛都聽到他的祈請了，感恩無生老母，感恩濟公活佛，感恩仙佛神聖！

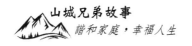

當晚討論熱烈，課後大哥寶仁以壇主身分作結束感恩致詞與回應：

「感恩師父開示，讓我們知道『福德』與『功德』的不同，也讓我們知道，行善如果不能抱著無所慾求、單純謙卑的心，而是另有所圖，哪怕只是一點傲慢心，也都可能會喪失福德。當然，我們更要知道，行善的最高境界不是爲了獲得福德，純粹只是我們那顆不忍人之心，以及慈悲喜捨的布施心，但願大家一起共勉共行，感恩大家！」

大家給予大哥寶仁熱烈的掌聲，阿善也給予大哥熱烈的回饋，同時也決定這次要主動向大哥表現善意，於是他走向前去道：「大哥，您說眞好，讓人茅塞頓開！」

大哥對阿善異於常日突如其來的讚美和表現有些訝異，竟然有些不知所措，只能先點頭做意。阿善因而更加確認，如果我們人前說一套，人後做一套，那不是虛僞嗎？世人或許不知，但神明歷歷在目，一切無所遁形，同時也瞞不過自己的良知！

於是阿善更加堅定：「我一定會努力破冰，兄弟同修，共登法船，齊達彼岸。」

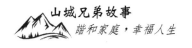

植善根，結善緣；種善因，得善果

由於阿善的自我督促，他在公司對大哥寶仁的態度有了很大的轉變，講話語氣也變得溫和，處處讓人感受到他釋放出的善意，昔日對峙冷戰的情勢頗有舒緩，大哥也是聰慧且見過世面之人，自然也知道阿善的心意。

劉寶仁身為大哥，自然也不想整日與兄弟爭鋒相對，而身為董事長，同樣的也不想把公司搞得烏煙瘴氣，但往日礙於身分和權威，以及為了達成使命，總是得武裝起不可侵犯的神貌，可是想起日前師父講的「功德與福德」，他也在深思，自己的一念之差，造成貢高我慢，別人都要仰我鼻息，會不會不要說連功德都沒有，甚至連福德也都是負債的？

其實寶仁也並不是眞的很在意有沒有福德，但常有人說：「位子越高，權勢越大，能造的善業越大，但能造的惡業也越大。」所以他也開始疑惑並擔心自己是不是有傷害到他人與團體的作爲？自己的手段是否有調整的必要？

一晚，劉寶仁回到家裡，客廳漆黑寂靜，屋裡也沒人，他打開電燈後，自己獨自癱在沙發上，然後隨手打開電視，電視機傳來立法院打打鬧鬧的聲音，他一煩又順手將電視關了，然後，他突然不知道接下來自己要幹些什麼？身邊連一個說話的人也沒有，一股寂寞又帶著

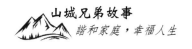

恐慌的感覺，頓時籠罩了整個身體。

這時寶仁一個念頭深切地浮現出來：「其實，自己也老大不小了，雖然交遊滿天下，但相知有幾人？大家歡聚一番之後，最後還不是各自散了？

在公司，大家對我的尊敬服從，又是眞心的嗎？還是表面害怕我的權威，私下卻不斷在背後咒罵我？當我不再是董事長了，員工還會這樣對我畢恭畢敬嗎？

回到家，老婆又不在身旁，與兒子也相互視若不見，長夜漫漫，孓然一人，此時才油然感覺到什麼叫孤獨！……」

過了好一會兒，寶仁似乎終於有點想通了：「現在也該是時候，省思調整自己爲人處世的態度，試著和大家溝通和解了吧？」

而大哥之所以會這麼想，自然也是因爲他向來就是虔誠道親，已清口茹素二三十年，這就可以顯見大哥是有善根之人，有善根之人就容易結善緣，結了善緣就容易相互惕勵齊種善因，種下善因後只要持續努力，自然也會結出善果！

所謂「千年暗室，一燈即明」，同樣的，只要心中那個心念亮了，生命的幽谷也會從此開闊光明，此時寶仁心中的光明已經開始綻亮了！

其實，最近寶仁總是覺得彷彿之間似有說不上來的感應，好像接收到了虛空中的什麼訊息，但因爲心神不夠寧靜，因而總是恍恍惚

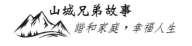

惚，斷斷續續，似有若無，對其所傳，不能掌握，也不甚明白，剛剛的醒悟，應該就是神啟的顯現吧？

寶仁於是放下紊亂的思緒，靜靜獨坐，專心念著「南無彌勒佛」聖號，漸漸的，更多的神啟也逐一顯現。

一貫道的最終目的是要回歸無極理天，回歸創生宇宙萬物的無生老母，路徑雖然是「五教融合」，但主要是「以儒為宗」，故所謂「一貫道」乃孔子所言的「吾道一以貫之」，以孔子儒學爲一脈貫徹之道，如此便能做到《皇母訓子十誡》所說的：

「茂倡大道，猛化塵囂，大千立功，帥眾回朝。

教導九洲，化挽全球，菩提覺路，薩陀優游。」
而儒學是以「仁」爲根本精神，展開各種德目；
以「三綱五常」爲理則，維護體制安定；
以「格物、致知、誠意、正心；修身、齊家、治國、平天下」爲修行次第。

所以我們主要必須做的是「心領神悟仁愛的精神，以摯誠的心意，去實踐完善的父子、兄弟、夫妻、親子、家庭、人際、社會等關係，進而自我完成，也與他人共同完成」。

寶仁至此如雷貫頂，幡然醒悟：「原來，以往我雖然有求道的身體行爲，但內心卻迷失在現代資本主義一味追求社經成就的死巷子裡，以功利爲手段，以績效爲導向，以獲利爲目的，完全失去仁愛慈悲的心靈、沒有要求自己成爲謙謙君子、也沒有與家人員工建立良好關係，過失啊！」

寶仁因而誠心的向虛空行大懺悔：「明明上帝、彌勒祖師、南無阿彌十佛天元、仙佛神聖啊，餘蘊劉寶仁，昔日顛倒錯亂，今日深至懺悔，發願改過自新，望祈祖師，赦罪容寬！」

懺畢，寶仁當下拿起手機打了電話給阿善。

「喂！大哥嗎？」

就在阿善接通電話的剎那，兄弟兩人心意相連，他們同時感覺到，因爲怨仇化解，原本閉塞猶如監獄的天地頓時完全開通，無邊無

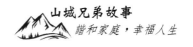

界，廣袤無垠；而且諸佛歡喜，繽紛燦爛的光明照耀十方，遍布虛空。此時，他們的心，都完全沒有束縛，只有無限的自在與喜樂。

彌勒祖師也降下慈訓：

奉勸世人多行善　善念一發靈明光
懺悔前愆不再犯　存善修德災可擋
改造命運憑自己　修心煉性恭儉讓
仁義禮智信皆講　四維八德遵明詳
不造惡業是為善　逢人說善道理講
造化可改運可創　逢凶化吉保安康

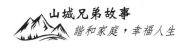

企業是道場，管理為修練，同仁若佛祖

大哥劉寶仁決定放棄「一人決策」的公司經營模式，雖然「一人決策」有它的一些優點，但績效不一定是最佳的，卻很可能是最差的，而且經常會搞得天怒人怨，自己也彷若是一個專制暴君，這樣的經營方式不是在給自己和他人製造痛苦嗎？

「人爲什麼不能快樂的工作，快樂的生活呢？追求成功就一定會陷入痛苦嗎？」寶仁如此反思著。「如果是這樣，那爲何古代的那些治世明君可以做到政治仁和，世道又一片太平呢？」

寶仁因而確認，有人說的「追求成功就會陷入痛苦，所以不要追求成功就不會陷入痛苦」，並不正確也太過消極，主要端賴你是抱著什麼樣的心態，用的是什麼方法而已。

那什麼才是適宜的心態和方法呢？因爲寶仁長期在求道，也見過世面，也是EMBA，所以他很快就釐清了其中的關鍵：

企業除了是營利機構，更是「社會公民」並有著它的「社會責任」，所以，打造一個「幸福企業」才是企業家的使命，除了在物質上要讓員工有穩定的工作、優渥的收入、永續的職涯，更要讓他們在心靈上也能在這裡發揮專長、追逐夢想、自我完成。

所以，企業家的任務是爲員工營塑美好願景和人生目標，爲員工

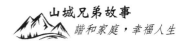

搭建一個備受尊重、和諧愉快的事業舞台，員工爲了完成共同目標而勤奮團結，爲了更高的挑戰而自我學習成長。

因此，企業經營不能再像過去一樣，把員工當成是沒有靈性的賺錢工具或勞動牲畜，否則企業也只會停留在過去落伍的階段，最後在新世代的潮流下被淘汰。以新思維經營，企業家才能創造超越世俗成功定義的高維度成就，不但能創造更多利潤回饋給員工和社會，同時也盡到自己「創造幸福」的淑世責任。

而這樣，不就是「道」在企業上的實踐嗎？不唯「人間是道場，生活是修練，衆生是佛祖」，同樣的，「企業是道場，管理是修練，同仁是佛祖」。企業家如果能做到這樣，員工又怎會不充滿歡喜心的自動前來歸依呢？自己又怎會沒有美好的功德呢？

隔天公司會議前，寶仁除了對前來倒茶的小妹說了一聲謝謝外，會議一開始也就對三位弟弟說：「寶德、寶善、寶良，最近大哥在深深省思，我過去的思維與手段是否有所偏激差錯，造成大家的痛苦與對我的怨恨？從大家往昔對我的反應我已經知道答案了，我在這裡跟大家道歉。」

說完寶仁起身：「如果三位兄弟願意原諒我，我將以感激之心與兄弟們再繼續同心努力；如三位兄弟認爲我離開比較好，我也沒有憎恨，只求兄弟之間不要再因爲我而有間隙，如果大家願意我也會在一

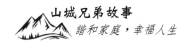

旁盡我所能協助大家。」說完向三位弟弟鞠躬致歉。

二哥寶德見狀馬上起身並去攙扶寶仁：「大哥，您這是幹嘛呢？親兄弟有話好好說嘛！」

阿善和四弟寶良也立刻起身向前去攙扶，寶良：「對啊，長兄如父，縱有什麼差錯也不需要行什麼禮啊！」

阿善：「是啊，大家還是坐下來談吧。」

此時，四兄弟身體緊緊的擁抱在一起，八隻手也深深的相互攙扶，他們同時感受到彼此有力的溫暖，以及四顆心同樣的跳動頻率！這就是親兄弟啊，仁德善良是寶！

其實阿善知道，大哥已經了悟，縱使是菩薩，也不是高高在上坐著讓人膜拜，然後呼風喚雨，移山倒海，就可以扭轉乾坤，而是把自己放在眾生裡，和一切眾生同甘共苦，才能共創人間淨土，何況我們還是凡人呢？就如〈文殊師利菩薩十大願〉所說：

「於一切眾生中，同類同緣，同事同行，同業導引，得入佛道，共我有緣，令發菩提之心。」

一陣推謙後，大哥終於開口：「感謝兄弟們不計前嫌，以後我也會不恥下問，與大家集思廣益，同謀共策，在眾志成城之下，達成共同的目標。」大哥謙遜地說著，沒了昔日霸氣，可是非但沒把自己說小說笨了，卻反而更見他的恢宏大度與大智若愚。

於是兄弟們開始討論公司今後的運作方式與經營目標，之後也達成了共識，然後又和眾主管做了詳盡的報告。

阿善：「接下來公司就要三十五周年慶了，員工是公司最寶貴的資產，因此一定要重視員工的能力與價值，所以建議邀請全體同仁一起參與公司的企業再造，主題暫訂爲『邀你一起，共創美好～我們的組織變革與企業創新』，不知各位覺得如何？」

寶仁：「我個人非常認同，也請各位主管發表高論。此外我個人也認爲，這不能只是淪爲口號而已，所以我們也應該討論制訂員工分紅辦法、分層負責與授權核決辦法、員工建議與申訴辦法、員工終生學習獎勵辦法……當然，我們的意見都會是由下而上匯聚，經過充分討論後才達成的整體共識。」

各位同仁聽完眼睛一亮，董事長怎麼脫胎換骨了，而且還端出一盤盤「利益衆生，雨露均霑」的大菜？但有「好康的」當然好啊，於

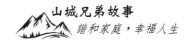

是紛紛表示贊同，不少人躍躍欲試，當場表示願意參與。

「那我們是不是請阿善經理統籌主持這個專案？」阿善經理為人寬厚，一向站在員工立場著想，所以眾人都熱烈鼓掌通過。

「那就麻煩阿善經理來主持了，請各位主管直接和阿善經理對口，並對阿善經理負責，不用也不要再越級到我這邊了，以後也請大家依科層辦理業務，有意見也依層級或反映申訴制度執行，不要再越級到我這邊了。」

停頓了一會兒，寶仁調侃的說：「集結大家的能力才是萬能，我沒那麼萬能啦，我不是神，自認是神的，其實是神經病。」

聽完眾人哈哈大笑，聽出董事長的自我調侃，覺得董事長以往在外面八面玲瓏，長袖善舞，但對內部員工則會板著臉，必須貫徹命令，如今他的態度也轉變了，變得如沐春風，但現在的他卻反而更見仁者風範，讓人願意眞心追隨。

孟子說：「仁者無敵。」《孫子兵法》也說：「上下同欲者勝，同舟共濟者贏。」原來，「眞正無敵的不是勇者，而是仁者」，因爲他能讓上下一心，同舟共濟，因而無往不勝。

此刻，寶仁終於在同仁深切的眼光與振奮的神情中，徹悟了孔子說的關鍵至理：「仁者必有勇，勇者不必有仁。」於是寶仁起身，向所有同仁深深鞠躬與感謝，同仁也起立報以熱烈的掌聲，此時，同聲相契，同心相應，團隊精誠，衆志成城！

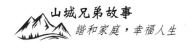

普渡收圓，人倫為重，孝悌為先

眾道親公認大哥寶仁博學多聞，閱歷豐富，並已求道二三十年，推舉他爲講座上一堂課，寶仁想說自己向來都在商場打滾，既未獲傳「無字眞經」，也未深入「有字眞經」，便推謙自己才疏學淺，不敢妄言。

「寶仁大師兄，現在社會部分人對一貫道存有一些疑惑與誤解，有的甚至對我們有很深的負面評價，如果您能爲我們就此解惑，我們也才能更清楚如何自處以及與他人應答！」在眾人勸進聲中，寶仁不好再推卻，便應允一定先做足功課再跟大家報告。

確實，一些人誤以爲宗教都是在教人修練解脫的方法，然後到達另一個相對於俗世的永恆喜樂之地，因而親近宗教的人思想會流於「離世」，有些人更會因而萌生「厭世」的心態，譬如有些人會說修道之人六親無緣、修行就是要出世或出家、修行人四大皆空……因而讓一些人認爲，宗教與世俗、修行與倫理是相背離的，甚至衍生很多家庭糾紛或社會事件。

但一貫道並不這麼認爲，他們認爲：「普渡收圓，人倫為重；大同世界，孝悌為先。」也就是，要達到「理事圓滿」必須人事圓滿與天理圓滿同時達成，沒有人事不圓滿而能天理圓滿的，也沒有人倫殘缺卻能收圓還被渡化的。

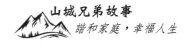

張天然祖師《性理題釋》：「今日普渡，不背人倫，父子同堂，夫妻同居，士不誤讀，農不妨耕，在工不誤工作，經商不誤時日，半聖半凡，真心由家庭內考取，所謂君子之道，造端乎夫婦是也。」

普渡收圓，是一切眾生極度體現自我良善的內涵，找回自己的良心善性，在人間開創理想聖域，永離一切空幻輪轉苦礙（國家教育研究院教育大辭書，李玉柱教授）。此時，家人共居，百業運作，百姓在俗世中修行，俗聖皆有成就，家庭是考核的標準，尤其以夫妻關係最爲重要。

所以，一貫道不離世、不厭世，也不強調出家，他們主張「道化

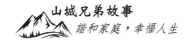

家庭」，最好全家人一起修道，但基於信仰自由，也不能強迫，然而道親仍應致力於家人倫理的和諧，尤其是夫妻關係的美好。

所謂「齊家、治國、平天下」，再以家庭為基礎，推廣到社會國家，乃至全球各地，那麼便能世界大同、天下太平。而我們人人在這樣的實踐中，找回自己的良心善性，因而普渡收圓，最終認母歸根，常住無極理天。

為什麼一貫道不強調出離修行？《彌勒上生經》說：「不修禪定，不斷煩惱……必得往生兜率陀天上。」也就是，不求打坐修禪，不求了脫生死，而是對自己能重視戒律，領悟智慧，對眾人能慈悲喜捨，廣行布施，如此便能獲得彌勒祖師的救渡返回兜率天，親近彌勒祖師後即不退轉，終而究竟修行完成。

在備課的同時，寶仁也發覺自己的家庭經營並不完美，與妻子慶珠、兒子國銘的關係甚至是惡劣的，這種情況之下，說自己有在修道，其實卻是枉然！於是他敦促自己，應該努力的進行修復，同時也反省自己，這麼多年來把管理公司的模式帶入家庭，以主管自居對妻兒發號司令，強調「嚴加管理」，甚至將外面的怨氣帶回家裡宣洩！想想，家庭是講情多於講理，感性多於理性的地方，但自己沒有感性也沒有理性，自己是一家之主也是始作俑者，那麼現在自當也需由自己主動出面來處理這個問題了！

寶仁於是撥了慶珠的手機，經過許久，慶珠並未接機。

「她應該是很不想接我的電話，所以遲疑這麼久吧？換成以往，接通後或回家後，我一定也會厲聲的責罵她吧？」寶仁心裡想著，愧疚之心油然生起。

「喂……」就在撥號時限結束前，慶珠接通了電話，但從她的口氣可以聽得出來她厭煩的情緒，她應該是在來電顯示螢幕得知是寶仁打的，所以才會有這樣的反應吧？

「慶珠，是我，寶仁。」寶仁和氣暖聲的說。

「什麼事？」慶珠簡短應了一聲，聽起來很是冷漠。

「喔，也沒什麼特別的事，只是突然想打電話給妳，妳吃飽了嗎？」

「……」慶珠突然不知道怎麼應對，這個男人竟然關心她吃飽了沒？

接下來幾句寒暄式的對話，慶珠還是都沒有正面應對，只是很疑惑，寶仁怪怪的，跟以往不一樣，他究竟想幹嘛？

慶珠心裡想著：「要離婚也可以直說啊，我們又不是沒吵過這個話題，只是最後不了了之而已，現在國銘也長大了，放過彼此讓對方去尋找黃昏之戀，和晚年可以相互扶持的人，總比痛苦的把對方的名字綁在自己的身分證配偶欄，卻不相聞問好吧！」

最後，寶仁鼓起勇氣：「最近我想了很多，以前是我不對，我想當面跟妳道歉。」

「什麼？……」過了很久之後，電話那頭依然沒有新的回應，應

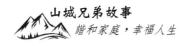

該是慶珠突然嚇到了。

慶珠一直沒有回應，寶仁心裡想：「寶珠心中到底累積了多少被我用語言和態度加諸的傷害和羞辱，現在才會對我如此不可置信？」

但寶仁知道，他應該坦承說出自己不對的地方，而不是「妳也有錯啊，妳也滿不講理，所以我才會這樣」，如此只是在推諉自己的過錯到對方身上，也只會加劇彼此的對立與仇恨。

此時，寶仁腦海快速的閃過兩人從相識相愛、結婚生子、開始吵鬧、劇烈爭執、形同陌路，到最後寶仁獨自搬回故鄉鮮少來往的全部過程，他感覺到，他們確實曾經相愛過，但現在也確實厭惡對方，當初的愛有多深，現在的憎惡就有多深。

寶仁想，慶珠雖不是完美的妻子，但自己更是不入流的丈夫，而且很多戰端是我挑起的，基於文化對男人的偏袒、自己的大男人主義、自己因豐功偉業而將妻子視爲下人的輕慢鄙視與口不擇言，而這些，至少慶珠都沒有加在我身上，因爲在這方面，她一直扮演受害人的角色！

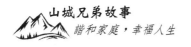

家為道本，夫妻為始，子脈為傳

大哥寶仁在跟大嫂慶珠通話過程中，一一主動訴說自己過去有哪些不對的地方，但慶珠反應的態度仍相當游移不定，一來這太突然了，二來她還沒釐清寶仁眞正的用意到底要幹嘛？但她知道，寶仁雖然對她總是頤使氣指，習慣性的在言語中貶損她、斥喝她，甚至讓慶珠覺得這樣的貶損都是對她人格與尊嚴的踩踏，但寶仁對自己、國銘和家庭的照顧從未斷絕過，而且她也認為，寶仁現在也不會是爲了爭奪財產而來，如果他們眞的要離婚了，她也相信寶仁會留給她足夠且優渥的養老金。所以她更不清楚寶仁到底怎麼了？還是，有第三者出現，讓她原本以爲的這一切都不一樣了？可是他之前在這方面也是很守分寸的啊？

最後寶仁說：「慶珠，我打算這周日回家看看，妳會在嗎？」

「……，我不確定，我和姊妹淘們計畫周日要去礁溪泡溫泉，或許會再過夜，房子是我們兩人共同名下的，你隨時可以回來。」慶珠說。

掛斷電話後，寶仁在客廳獨坐，他現在需要寧靜和時間來沉澱自己的情緒，並讓自己更誠實的面對自己。

過了九點，國銘回來了，經過這段時間，國銘對寶仁的態度已經改善很多，兩人關係也恢復不少，國銘見寶仁在客廳坐著，便也坐來

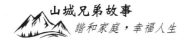

過來。寶仁於是將跟慶珠通話的事毫無保留的告知。

「雖然你們長年以來一直互相抱怨，但其實我知道，媽在心底深處還是有你的，當然你也還是有她的。」國銘說。

「以前，你們以我還小爲由所以繼續在一起，現在我長大了你們還是以我還沒結婚女方會來提親爲由繼續在一起，將來我相信你們還是會以各種理由繼續在一起，而且你們也都沒有跟其他異性交往，說穿了就是，你們還是把對方放在妻子和丈夫的位置，並且捨不得眞的放下對方。這樣，爲何不順著自己的內心去走呢？」

國銘的話給寶仁當頭一棒，國銘說的對：「我們在心裡還是把對方放在妻子和丈夫的位置，所以捨不得眞的放下對方，順著自己的內心去走，才能到達最好的歸宿。」

寶仁非常感謝國銘給他的分析和建議，眞是合理精闢！誰說現代年輕人都是「廢材」、「躺平族」？其實他們也有自己的生命見解，只是時代沒有給他們足夠的舞台和資源，所以才被迫表現出消極的那一面，如果我們老人家還繼續滿是自以爲是的，不再給年輕人機會，那未來才眞的會變成慘不忍睹吧？

寶仁心裡深有所感，這次他不是像國銘小時候那樣叫他要坐好，或是像國銘大一點的時候那樣叫他要自愛，寶仁這次伸出手掌到國銘面前，國銘知道寶仁要和他握手，於是也伸出手緊緊握住。

「未來，看你們了！」寶仁說。

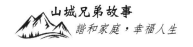

「接住了，爸！」十多年來，國銘終於開口叫出「爸」這個字。

週日一早，寶仁開車回到台北住所已經十點多了，他不知道慶珠在不在，他記得剛結婚的時候，雖然他有帶鎖匙，但每次長期遠途出差回家時還是會故意按門鈴讓慶珠來開門，因爲他想要門打開後的第一眼看到的是慶珠，而不是沒人的客廳，然後，慶珠總是笑盈盈地跑來開門……

寶仁想起往事不禁笑了出來，這次他也按了門鈴，心裡卻非常忐忑，或許時光一旦過去，就永遠逝去，不會再返回了吧？

過一會兒，
門打開了，開門的是——
慶珠，她還在，
原來，她一直沒有離開……

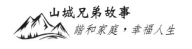

大嫂返家，家族出遊大團圓

大哥在講座中提到：

《皇母訓子十誡》載：天地未分時，有九六原靈（九十六億個原靈，又稱原佛子；一說九為乾男、六為坤女之意），在無極理天跟無生老母無憂無慮快樂安然的自在生活。但因為理氣的自然變化，天地成立了，此時東土杳無人煙，所以老母只得將九六原靈全都降生到東方。眾佛子非常哀傷，詢問老母歸期？老母言答，三期之末會大開普渡，將諸子迎回。（第一誡）

但原靈到了東土之後逐漸人心不古，凡塵風俗日漸汙下，古聖綱紀無人遵循，三綱五常全都敗壞，舉世再也沒有一個賢人，於是老母不得不依天律降下大劫，三災八難刀兵水火，九九八十一劫普遍全球，但內心卻是悲痛異常。為了不要善惡俱滅，玉石不判同焚，於是老母降下大道，讓得道的原靈可以死裡求生，在三期之末的龍華三會時普渡收圓，順利返回無極理天。（第五誡）

要得大道，應藉人間之假修天理之真，不要讓酒色財氣迷住了原來佛性，不要讓貪嗔癡和七情六慾蔽住本靈，慾海波浪是無休無止的枷鎖，榮華富貴名利都是捆人的網繩，這些都如石火和電光一樣，一逝而過虛妄不實。其實，聖凡同宗，人人都是佛子，神仙都是由凡人來擔任，未曾有生來就是仙佛神明的，醒悟者成為聖賢登上極樂，迷

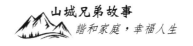

昧者庸愚昧墜落幽冥。（第三誡）

大哥寶仁一身純白的長袖襯衫，顯得潔淨無染，而筆直的黑西裝褲又是如此莊嚴肅穆，言語懇切和善，態度溫文儒雅，今天他的講座道親滿座，獲得大家熱烈的回響，最後大哥結語說：

「我們都是在世間到處流浪的遊子，渴望回到母親的懷抱，那才是永恆的歸宿，那麼我們就應該先知曉回家的道路，並奮力的向前走去。同樣的，我們都是淪落凡間不斷輪迴的佛子，回到無生老母身邊才是我們的歸宿，那我們就應該知道大道何在，並努力實踐。而大道就是力行綱常倫理，除去惡念發現善性，最後無慾無求，顯現原本的佛性出來，了悟人間的虛妄，不再迷戀，因而回到那個永恆之家。

當然，這是一條艱辛的路，沒有人可以獨自了悟，所以父子、兄弟、夫妻、家人、朋友、同仁、社會大眾，以及各位尊敬的道親，才需要更加相互勉勵，相扶同行，一起經歷各種考驗，也一同克服各種磨難，這樣最後才能一同回歸理天。」

眾人聞畢，都醍醐灌頂，滿心歡喜，不由得報以熱烈而長久的掌聲。

這場講座，大哥也邀請大嫂慶珠前來參與，她不是道親，不過她可能想來「考察」大哥的改變和現在的狀況，所以還是來了，阿善注意到，大嫂慶珠聽得很認眞，而且也被大哥的虔誠和向上感動，期間還多次拭了眼睛。

慶珠知道，寶仁眞的改變了，她也相信，這個男人不會再傷害她了。

整個劉姓家族的團圓之旅，真的就如劉姥姥所願正式浩浩蕩蕩展開了，他們分乘多部轎車先到日月潭，這個家鄉，也是全台灣、全世界有名的景點觀覽，雖然他們都已經來過日月潭多次了，但這次的感受卻完全不一樣：森林蒼鬱，充滿勃發的生機；潭面如鏡，照映每個人的自心；水氣氤氳，猶如俗聖同界；遊艇往來，像是航向彼岸的歸宿。最主要的是，整個家族成員的歡笑響徹雲霄，彷彿老母聽見了，也笑了。最後一家人圍繞著劉老和劉姥姥，由阿善拍下一張二十人的家族合照，子孫也都上傳到自己的社群，引來連連點讚和分享。

雖然過沒多久，姥姥就歸空了，但大家都知道姥姥是帶著笑意和滿足離開的，因爲她已經沒有掛礙了，也已經功德圓滿了，姥姥很高興子孫們能團結在一起，讓她沒有遺憾的離開。

一年多後，阿善的兒子樂樂也有了一個女兒，大家都非常開心第一位第四代成員的誕生，這代表著家族再度開枝散葉，綿延不斷，而且大家竟然不約而同地認爲，女嬰跟姥姥年輕時竟然非常神似，不但乖巧可愛而且總是盈盈的笑著，大家也都相信，姥姥又回來跟大家相聚了。

附錄

一、何謂「功德」？如何修持功德？

做善事只能「求得人天福報」，並非「修功德」，所以並不能「證得本心自性」，那何謂「功德」？如何修持功德？

引《六祖壇經．疑問品》解。（見：照見，心領神悟而洞悉。自性：除了是自己最清明的心性外，也是宇宙本體不生不滅的根本性質，也能表現宇宙萬用妙有的現象，也稱自心、本性、本心、佛性。功：修練得到的功夫成就。德：美好的德性與所得。）

「見性是功，平等是德。

照見自性是功，有平等心是德。

念念無滯，常見本性真實妙用，名為功德。

心念相接沒有雜染滯礙，見到恆常的本性，也見到眞實本性生起的妙用，就是功德。

內心謙下是功，外行於禮是德。

內在心裡謙卑低下是功，外在行爲有禮是德。

自性建立萬法是功，心體離念是德。

自性的妙用能生起宇宙萬法是功，心的種子能離開一切雜念是德。

不離自性是功，應用無染是德。

不離開自性是功，自性妙用沒有汙染是德。

若覓功德法身，但依此作，是真功德。

若想要覓得依功德而存在的究竟清淨本體，只要依此運作，便是眞功德。

若修功德之人，心即不輕，常行普敬。

如果是修行功德的人，心裡卽不會輕怠，恆常的實行普及對衆人的尊敬。

心常輕人，吾我不斷，即自無功。

心裡經常輕蔑他人，就是我執沒有斷除，如此自然沒有功。

自性虛妄不實，即自無德。

自性如果虛妄不實，自然沒有德。

為吾我自大，常輕一切故。

這都是因爲自己自大，經常輕蔑一切的緣故。

善知識！念念無間是功，心行平直是德。

道友啊！一念一念沒有間斷是功，心念運行能不起伏不彎曲是德。

自修性是功，自修身是德。

修練自己的心性是功，修練自己的行爲是德。

善知識！功德須自性內見，不是布施供養之所求也。

道友啊！功德須由內在的自性照見，不是由布施供養求來的。

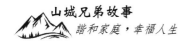

是以福德與功德別。

這就是福德與功德的差別。」

二、虔誠信奉且推廣佛教的梁武帝，為何最後餓死了，究竟有何因果？

引〈梁武帝問誌公禪師因果文〉解。

梁武帝前世以無私的道心供佛因而當上皇帝。「我皇前世，是個樵夫。只因上山吹柴，遇見山間靈壇古廟，庵宇朽爛，惟有古佛一尊，雨淋日曬，無人侍奉。汝自發起善心，將己頭上箬笠一個，遮蓋佛身。佛以天眼觀見，有此善心，讚言：善哉善哉！貧苦佈施，甚爲希有。汝於來世，當作上人。是故今生，得此福報也。」

梁武帝為推廣佛法而傷民無數，因而蒙難。「我王前世，舍笠蓋佛，乃是無意之中，傾心佈施，故得大福。你今敕行天下，廣造庵宇，自己又不舍財施利，惟使天下百姓之力，但爲主上造庵，以此人人受苦，個個艱辛，磨殺世人，不知幾何。所以天下軍民，盡皆怨嘆。雖是眞命天子，難當萬民尤怨。故曰：汝是造業人也。」

梁太子罹病，修諸善事才能化解。「吾今太子，遍身瘡疥，日夜不安，未知是何緣故？師言皆因此業累及於他。若要懺悔，仍然快敕聖旨曉諭天下，即將錢糧賞給工資，自然有福，太子安康。若欲修諸善事，不得空勞衆力。若用衆力者，務宜償賜工資，或是矜孤惜寡，愛老憐幼。或有僧道及貧子，來化討者，宜當發心不得輕欺。」

國家圖書館出版品預行編目資料

山城兄弟故事：諧和家庭，幸福人生／竹娟 著.
--初版.--臺中市：白象文化事業有限公司，
2024.5
面； 公分.
ISBN 978-626-364-318-5（平裝）

863.57 113004110

山城兄弟故事：諧和家庭，幸福人生

作　　者　竹娟
企編撰稿　林金郎
校　　對　竹娟、林金郎
發 行 人　張輝潭
出版發行　白象文化事業有限公司
412台中市大里區科技路1號8樓之2（台中軟體園區）
出版專線：（04）2496-5995　傳真：（04）2496-9901
401台中市東區和平街228巷44號（經銷部）
購書專線：（04）2220-8589　傳真：（04）2220-8505
專案主編　陳逸儒
出版編印　林榮威、陳逸儒、黃麗穎、陳媁婷、李婕、林金郎
設計創意　張禮南、何佳諠
經紀企劃　張輝潭、徐錦淳、林尉儒
經銷推廣　李莉吟、莊博亞、劉育姍、林政泓
行銷宣傳　黃姿虹、沈若瑜
營運管理　曾千熏、羅禎琳
印　　刷　百通科技股份有限公司
初版一刷　2024 年 5 月
定　　價　160 元